있다

박소란

있다

박소란

PIN

036

차례

PIN
036

있다

박소란
시

사고

바닥에 놓인 가방을 보았다
어쩌다 가방을 보게 된 건지

그런 눈으로 보지 마시오 가방일 뿐이니, 말하는
가방을 보았다

여기까지 오는 동안 점차 무거워진 가방을

무엇이 든 건지 알 수 없었다
큰일을 앞두고 돌아누운 이의 뒷모습처럼
묵묵한, 자세히 보면 신음도 없이 들썩이는 어깨
가 먹먹한

정말 필요한 건 가방 속에 없다오

아무것도 없다오
눈을 감는 가방을 보았다

나도 모르게 손을 뻗었다
언젠가 가방을 끌어안고 달린 적이 있었다고
숨이, 아니 끈이 끊어질 듯 위태롭던 어느 밤의 가
방을

가방이란 으레 그런 것이라오

가방을 되찾을 수 없었다 그 하나의 가방을

어디로 떠날 참인가요?
물어도 대답이 없는 가방을

어느 틈엔가 나타나 가방을 들고 일어서는 한 사람을 보았다

황급히 문을 여는 사람은
어떤 무게로 인해 잠시 휘청거리고, 나는 보았다
가서는 다시 오지 않을 가방을

아이스크림

이 속에도 사람이 묻혔을까
이 달콤한 봉분 속에 초코로 덮인 조그만 무덤 속에
사람이

배스킨라빈스 언 컵을 놓고 마주 앉아
정신없이 퍼먹다 우리는

플라스틱 스푼을 놓는다
놓고 만다
으 갑자기 춥네
과장되게 웅크리면서 애들처럼 킥킥거리면서

유리 벽 하나를 사이에 두고
바깥은 겨울

패딩으로 무장한 사람들이 뒤뚱뒤뚱 걷는다
걷다가 빙판 위에 철퍼덕 넘어지는 한 사람
야 저거 봐봐 가리키자

벌써 어디론가 사라지고 없다

너는 습관처럼 입술을 비빈다 혀로 핥는다
이 속에도 사람이 묻혔을까

손끝으로 무덤 가장자리를 톡톡 건드리면서 진
득한 흙을 헤집으면서

재차 입술을 핥는다
아직 단데
사방은 온통 핑크로 장식돼 있고 우리는 너무도

멀쩡한데

언 것은 녹기 마련이라지만
그런 장면은 왠지 께름칙해서
왠지 서글퍼서
슬그머니 문을 나선 우리는

검은 발자국이 무수한 빙판 앞에 서서
이 속에도 사람이 묻혔을까

못 들은 척
겨울도 곧 끝이 나겠지 중얼거린다

천천히 걷는다
불 꺼진 간판 같은 서로의 옆얼굴을 흘깃거리면서

초코일까 흙일까

아니면 그냥 얼음일까

백색소음

유튜브에서 찾은 밤의 빗소리는 진짜 같다
진짜보다 더
자주 창밖을 내다보게 된다

숙면을 취할 수 있을 겁니다

빗소리는 차츰 거세진다
급히 우산을 펼쳐 든 꿈이 무른 잠꼬대를 흘리고

누군가와 이 일을 이야기하고 싶어
있잖아, 비 내리는 골목을 한창 쏘다니는데 누가
이름을 부르는 거야, 누구지? 하고 돌아보는데

돌아보는데
아무도 없다, 유령인가?

괜히 오싹해져서

근처 24시 커피숍으로 뛰어 들어간다

구석 테이블에 앉아 사람들의 이야기를 훔쳐 듣
다 보면 안심이 된다

글쎄 밤마다 빌라 주차장에 모여 우는 고양이들
때문에 죽겠어요 얼마나 구슬프게 우는지 어쩔 땐
따라 흐느끼게 된다니까요

울음은 멈추지 않고

숙면을 취할 수 있을 겁니다

버튼을 눌러 전원을 끌 때까지

아침이면 죽은 고양이를 맞닥뜨리게 될 것 같은 예감

누군가와 이 일을 이야기하고 싶어

전화를 걸면

전화를 걸면

너무 선명한 꿈은 무섭다

깨진 거울이 불행을 몰고 온다

거울을 깨뜨렸다
작은 손거울을

바닥에 떨어진 순간 금이 갔다 벼락처럼

이사하던 날
거울이 깨졌지 그해 그 집에서 엄마가 돌아가셨어
누군가 이야기한다

나도 알아, 그런 이야기

엄마, 우리 그 거울을 어떻게 했더라?

그걸 깬 건 이삿짐을 나르던 인부였는데
그는 사과하지 않았잖아

우리가 조그만 방에 조그만 짐들을 차곡차곡 쟁이는 동안

물어내요 어서, 말하고 싶었는데
제일로 아끼는 거라고요! 소리치고 싶었는데

그 깨진 거울을
방 문 앞에 잠시 세워두었다 나는 대충 싸서 아무 쓰레기장에 갖다 버렸잖아
말갛게 돌아와 손을 씻었잖아

누군가 이야기한다
깨진 거울은 불행을 몰고 오는 법

엄마, 정말 그럴까?

나는 자주 거울을 깨뜨리는 사람
금 간 거울을 들여다보는 사람

버려, 그만 버리라고!
누군가 화를 낼 때마다
어떤 대꾸도 할 수가 없고 비릿한 웃음만 흘리고

거울을 들여다보면
아무도 없다

잘못했어요, 잘못했어요

쏟아지는 비를 맞으며 집으로 달려가는 내가
없다

총

총 한 자루를 선물받았다
쏴, 언제라도 쏴버려!
선물한 사람은 그렇게 말하는 것 같았지

매사를 너무 깊이 생각하지 마
그렇게 말하는 것도 같았어

그는 내 지친 밤과 낮을 염려하는 사람

나는 가슴팍에 총을 품고 집으로 왔지
버스를 타고 지하철을 타고
심장은 뛰듯이 걷는데
그럴 때마다 잠자코 고개를 숙인 총이 조심스레
뒤채는 걸 느꼈지

믿을 수 없겠지만

나는 늘 누군가를 겨누고 있었어

잠자리에 누워 죽이고 싶은 사람의 이름을 천장
에 적어보았지

희끄무레한 천장을 가득 채운 이름들을 하나하
나 읽어보았지

문득 일어나 맞은편 빌라 쪽으로 총구를 옮겨

불 켜진 창 하나를 조준하기도,

어떤 그림자가 나를 노려보는 것 같아서

그래 지금이다 방아쇠를 당기자

쏠까,

말까,

쏠까,

잠이 드는 거지
지나치게 밝은 아침이면 생각하는 거야
내가 누굴 쏠 수 있을까
나 말고 다른 누굴

당신은 왜 내게 이런 걸 선물했습니까

수시로 날아드는 부고 문자를 확인할 때마다
나는 소스라칩니다 혹시, 혹시나 하는 심정으로
총알을 헤아려봅니다

한 알이 빈다, 한 알이!
간밤에 무슨 일이 있었는지

당신은 조금 억울할 수도 있겠죠
장난이잖아, 이건 그냥 플라스틱 피규어일 뿐이고

그러나 상관없지
언제든 쏠 수 있다 죽일 수 있다
천장에 이름들이 늘어간다
지우기가 무섭게 북쪽 하늘 별자리처럼 떠오르는
이름들

간장

어때? 묻자

짜다 너무 짜, 질끈 감았다 뜬 너의 눈가에 어두운 물기가 어린다

나는 괜히 생수를 한 컵 따라 들이켠다

더는 어떤 맛도 생각할 수 없다
간장 때문에

우리는 불행해질 것이다

애간장을 졸이다, 라는 말이 있고
너는 슬며시 고개를 든다
끓는 물에 마음을 통째로 담근 채 몇 날 며칠 불 앞에 앉아 그걸 달인 핼쑥한 얼굴로

나를 본다
창 쪽으로 한 걸음 물러선 나를

짜다 너무 짜

뭐가 이리도 우리를 지치게 하는지 진저리 치게 하
는지
불투명한 물음조차 이제는 싫어서
도무지 가시지 않는 게 악착같은 게

네게서 받아 든 사발, 그 속에 녹아 있는 독 같은 게

나는 엎지른다 모른 척 엎질러버린다
시커먼 걸레 옆에 그냥 천천히 썩어가려고

마트에 갔다

돌아오지 않는다
사야 할 것들을 메모하고 목록을 재차 확인하던
이가

부엌에서는 방금 전까지 전자레인지가 돌고 있
었다 햇반이 데워지고 있었다
늘 먹던 건데 뭘, 평소와 다름없는 표정으로 숟
가락을 내려놓은 뒤

잠시 후 다시 집어 든 숟가락을 간단히 헹궈 분
리수거함에 던져 넣은 뒤

돌연 오지 않는다
마트는 어디에나 있고 요 앞에 잠시만, 하면 모
든 게 그럴듯하다

소파에 놓인 카디건을 주워 입고 때 묻은 슬리퍼를 질질 끌면

　　마트는 금방이다 언제든 갈 수 있고
　　또 올 수 있다
　　오지 않을 수도 있다
　　마트 구석에 세워두고 잊어버린 카트처럼 자연스럽다

　　밤늦게 마트에 갔다가 그만, 하는 말 또한 조금도 부자연스럽지 않은 것

　　무엇이든 가볍고 깔끔하게 포장된다

마트 앞 사거리는 붐비고

사람들은 환한 간판 앞에 나타났다 사라지기를

반복한다 경적이 끊이지 않는다

건너편에 서서 잠시 그 광경을 응시하던 이가

마트에 갔다

돌아오지 않는다

아무것도 들키지 않는다 진열대 사이 가지런히

숨어버린다

낙석 주의

위험하오니, 앞에서 망설이는 사람이 아닙니다
나는
어떤 펜스도 넘지 않습니다 무섭습니다
저기 낙석 지대가
저기서 사람을 맞닥뜨리는 일이

도시는 대부분 안전하고
모르는 것투성이, 회사도 학교도 병원도
좀체 흔들리지 않습니다
어쩌다 동네 커피숍에는 오랜만에 오셨네요 인사
하는 알바생이 있고

카페 헤세 ×

체크리스트가 하나씩 늘어갑니다

그러나 또 금세 줄어들 것입니다

그동안 저희 가게를 찾아주셔서 감사합니다 ○

임대 문의 ○

coming soon ✕

시작하는 사람이 아닙니다

나는

다시, 시작, 하는, 사람, 이 아닙니다

간단히 헤어지고 복잡하게도 헤어집니다

어떤 번호도 남기지 않습니다 전화하지 않습니다

기억보다 먼저 기록을 지웁니다

무섭습니다

별안간 공중에서 쏟아진 돌, 돌에 맞아 피 흘리

는 얼굴이
　그 얼굴이 마침
　내가 미처 지우지 못한 사람의 것이라면

　진로마트 앞 횡단보도 ✕
　봄약국 사거리 ✕

　바닥의 검붉은 얼룩이 말끔히 정리될 때까지

　기다리는 사람이 아닙니다
　나는
　한산한 뒷길을 돌고 돌아 집으로 갑니다 어디든
안전하게 당도합니다

　미국 ○

미네소타에 캐셔로 일하는 친구가 있습니다

그 애와는 이런저런 걸 터놓는 사이, 사는 게 힘들다, 응, 춥고 외롭지, 그럴 때마다

전화기 속 육중한 울음을 굴리는 사이렌

그럴 때마다 구글에서 지도를 찾아보며 가슴을 씁니다

이렇게나 멀구나 우리는 멀리서 무사하구나

슬픔의 최선

무슨 일이 있었던 거냐고 묻는다

많이 힘들지? 걱정스러운 얼굴로 위로를 건네기도

아무 일도 없었어요 아무 일도,
믿지 않는다

슬픔을 응원하는 사람들
힘을 내요 조금 더, 더, 더

슬플 수 있도록

웃는 사람들
고개를 끄덕이는 사람들
서로의 어깨에 묻은 머리카락 같은 걸 떼어주면서

난롯가에 붙어 앉아 불을 쬔다
연한 김이 서린 유리 벽, 바깥
실금처럼 스케치된 겨울의 풍경

뭐 해요 들어가지 않고?
누군가 다가와 말을 건다면
그냥요
얼버무리고 말겠지만 슬픔은

혼자 서 있다 코트를 여미고 빈 주머니를 더듬거
리면서
뒤돌아 먼 곳을 본다

사람이 살지 않는 곳

눈발이 나부끼자마자 사라지는
空中

아무도 없어요? 아무도?

없는데, 차고 투명한 손이
인사하듯
슬픔의 물크러진 뺨을 할퀴고 간다

몽골

서랍장 위에 올려둔 조그만 인형
양의 모습을 한,
코를 가져다 대면 구릿한 양 냄새가 난다

몽골에 갔을 때 알게 된 현지인에게 선물로 받았다
진짜 양털로 만든 거예요, 그는 말했다
몽골에선 아주 흔하답니다 진짜 털 진짜 가죽 진
짜 모래 진짜 별 진짜

그런 걸 보려고 몽골에 간 건 아니었다

광막한 사막을 걸었다
한 번쯤 길을 잃고 싶어,
본모습을 버리지 못한 뼈다귀들이 군데군데 묻
혀 있었다

걷다 보면
어디선가 개 짖는 소리가 났다 사람 사는 소리가
진짜 사람이에요

사람들이 술상을 차려주었는데
갓 잡은 염소를 먹기 좋게 썰어주었는데
먹지 않았다
진짜 염소인 게 분명한

진짜란 참 무서운 거구나

게르에 들면 금방 잠이 들었다
밤새 폭우가 쏟아졌다 종말 같은
아침이 와도 달라진 게 없었다

눈부신 하늘,

하늘색이 지나치게 선연한 하늘은 어딘가 부자
연스럽다는 생각

배낭을 풀어 수건과 옷가지를 빨았다

바싹 마른 빨래를 몇 시간이고 멍하니 바라보면서

돌아가고 싶지 않다는 생각

그러나 어서 돌아가야겠다는 생각, 그는 말했으
니까

가지 마요

진짜일 리 없지만

양 모습을 한 인형이 양처럼 나를 내려다본다

코를 가져다 대면 구릿한 양 냄새가 나는
고비를 보란 듯이 헤매고
기진맥진한 양은 급기야 비틀대며 쓰러지는데

나는 그대로 서 있다
잘 닦인 액자가 풍경처럼 펼쳐진 거실 가운데

그림자

옷장 속 가장 어두운색을 고른다
무표정한 얼굴로
숨어서, 때때로 완벽히 숨겨진 채로

나는 있다

멈춰 서 있다 사거리 횡단보도 앞
휴대폰을 만지작대며, 만지작대는 척하며 미간
을 슬쩍 찌푸렸을 뿐인데
너는 그대로 나를 지나친다
휴대폰을 만지작대며

깜박이는 신호등
그늘을 펼친 가로수 아래 황급히 들어서면
겹겹의 잎으로 싸인 길을 뜻 없이 걷다 보면

또한 뜻 없는 저녁은 오고

무시로 두리번거린다
무엇을 찾듯이 어떤 우연을 바라듯이

불분명한, 나조차 나를 알 수 없는
사람이란 으레 그런 것일까

  때가 되면 출근을 하고 구석 자리에 얌전히 앉아
서류철을 매만지면서
  어쩌다 가끔은 아니지 이게 아니다 하는 심정이
되어 창 너머 뜨거운 시선을 부려놓기도 하는 것,
그럴 때마다

네게로 곧장 달려갈 듯이, 그럴 때마다
더욱 고요히 뭉뚱그려진 채로

나는 있다

이런 나를 뭐라고 부를까 너는

수몽

한 사람을 본다
물속을 들여다보는 아까부터
그는 좀처럼 눈을 떼지 못하고 걸음을 옮기지 못
하고

유유히 헤엄치는 한 마리 물고기를 본다
살아 있어, 중얼거리는
한 사람을 본다

어항 벽에 비친 그의 투명한 얼굴을 본다
젖은 눈동자에 맑게 일렁이는 어떤 이야기를
나는 도무지 읽지 못하고

창밖에 떠가는 한 떼의 구름을 본다
지워지면서 자꾸만 부푸는 마음을 본다 부풀다

부풀다 이내 터질 것 같은

  마음속을 그대로 관통하는

  한 마리 새

  살아 있어, 중얼거리는

  한 사람을 본다

  낑낑거리며 창을 여는 한 사람

  매서운 바람이 얼굴을 가차 없이 때리고 찢고

  기어코 이야기는 비극으로 흘러간다

  그 모습을 지켜보며

  나는 뜨거운 커피를 후후 불어 마신다

  채 식지 않은 잔 속으로 풍덩

  몸을 던지는 한 마리 날벌레

살아 있어, 살아 있어

잔은 사라지지 않는다 비극은 끝나지 않는다

잠시도 쉬지 않고

여기야 여기, 희고 기다란 팔을 세차게 휘젓는
한 사람을 본다

빈소

누군가 우산을 훔쳐 갈 것 같다

나는 검정색 장우산을 하나 가지고 여기에 왔다

비를 맞고 싶지 않다

대책 없이 젖어 고아처럼

낯선 골목을 헤매고 싶지 않다 혼자 빈집으로 돌

아가고 싶지 않다

애야, 그러다 감기 걸리겠다

돌아보고 싶지 않다 입을 헤벌리고 한참 동안 그

얼굴을 올려다보고 싶지 않다

곧 빗속에 뭉개져버릴 한 사람을

나는 본 적이 있어요! 그는 분명 있어요! 간증하

고 싶지 않다

비는 그치지 않는다

아무 일도 일어나지 않는다,
되뇌다 보면 어쩐지 편안해지고
우산은 벌써 먼 곳으로 떠났다, 떠나고 없는 것
이다, 생각하면

거센 비는 더 거세진다
문을 닫아걸고 앉아

아무 곳으로도 나는 가고 싶지 않다
비를 맞고 싶지 않다

한 번 이곳에 오면 두 번 다시 왔던 곳으로는 되

돌아갈 수 없다는데

　가고 싶지 않다 우산을 잃고
　나는 있는데

　여기

　누군가 나를 훔쳐 갈 것 같다

뚜껑을 열자

책을 한 권 뽑아 펼치자
종이 위를 황급히 횡단하는 벌레가 있다

재빠르지만
그는 좀 지쳐 보인다 어떤 활자보다 작고 파리해
보인다

그래도 다행이네 살아 있다니,
안도하며
눅눅한 거리를 그대로 접어 책장 가장자리 맨 구
석진 곳에 살며시 세워둔다

그 도시의 시민이 된 걸까
그로부터
자주 페이지를 펼치게 된다 뚜껑을 열게 된다

무엇이든 풀고 깨고 뜯게 된다

문 앞에 말끔히 접힌 우산을 보고
목을 조르는 그 손을 놓아주어요 제발 중얼거리
게 된다

무성한 어둠 속
비명을 지르는 이는 누구일까
살고 싶다고
살고 싶다고

왜
아무도 듣지 못하는지 보지 못하는지
뚜껑을 닫으면

어서 뚜껑을 열어! 소리치게 된다
그 속에 있다고
바로 그 속에

그는 의식을 잃은 듯 보인다

뚜껑을 열자
언제 그랬냐는 듯
잽싸게 솟구치며 가쁜 숨을 몰아쉬는 누군가

기다리게 된다

아무도 없는 거리를 멍하니 걷다
어느샌가 달려와 책장 앞에 서는 일
밤의 가장 깊숙한 구렁을 찾아 펼치는 일

정우와 나

정우는 혼자 바다에 다녀왔다고 한다 거기 해변
에서 모래를 한 움큼 퍼 왔다고 한다

플라스틱 용기에 담아 탁자 위에 두고는 오며 가
며 들여다본다고

어쩌다 미지근한 물을 한 컵 따라 부으면

꼭 살아 있는 것 같단 말야

퇴근을 하면 곧장 모래에게로 가

모래 앞에서 밥을 먹고 TV를 본다고 한다 그러
다 취한 듯 잠에 든다고

잠을 놓친 밤이면

모래 곁에 앉아 이런저런 얘기를 늘어놓기도 한
다고

오랜 비밀을 털어놓기도 한다고

있잖아, 어제는 말야, 모래가 말을 하더라니까

정우야, 부르더라니까, 나는 깜짝 놀라서, 너무 신기해서, 응, 하고 대답을 했거든

근데 말야,

지금 이 일은 비밀, 절대 비밀이다

나는 진지하게 고개를 끄덕이다가 그러는 척하다가 피식 웃다가

갑자기 모래알만큼 조마조마한 심정으로

근데 말야,

인터넷으로 정우가 다녀왔다는 바다를 검색해보는데

어느 지방에고 있을 법한 평범한 바다 평범한 해변

알 수 없는 방향으로 잇따라 찍힌 한 사람의 발
자국 또한 조금도 대수롭지 않은데

정우야,

나는 갑자기 묻고 싶은 게 생겨서

정우야,

전화를 받지 않고

며칠째 결근을 했다는 정우의 오피스텔 문은 굳
게 잠겨 있다,

잠겨 있다고 한다

나는 만난 적 없는 정우의 모래를 상상하다가

정우를 상상하다가

정우야, 어디 있니?

모니터 가득 출렁이는 바다로 달려가

정우야, 부르게 되고 사소한 우리의 이야기를 그

리워하게 된다 새벽 알람이 울릴 때까지

낯선 해변을 무작정 걷게 된다

흰

흰죽이 쏟아진 거리를 걷는다
웬 흰죽?
걷다 보니

흰 가로수 흰 전봇대 흰 사람

흰 눈이 내리고
흰 눈이 쌓이고

걷다 보니
흰곰을 만나고

낯선 도시 복판에 어리둥절 멈춰 선 흰곰은
혼자 놀다가
혼자 울다가

흰 밤이 올 때까지
흰 눈은 그치지 않는다

곰곰 생각하다 보니
흰곰은 정말 흰곰일까 또다시 나는 헛것을 본 것
같은데

흰 빌딩 너머
흰옷 입은 새를 따라

흰 꿈은 달아나고

흰 아침이 펼쳐져 그만
기운을 차리자,

흰 밤이 올 때까지

흰죽이 왈칵 빛처럼 쏟아지고

사운드 오브 뮤직

날이 밝자마자 달려드는 드릴 소리
인부들이 뭐라고 언성을 높이며 뚝딱거리는 소리

나는 이기지 못하고 결국 잠들지 못하고
귀를 틀어막는다

갓난쟁이가 빽빽거리며 우는 소리
어디로 가려고 기차를 탔는지
아기 엄마는 쩔쩔맨다 미안합니다 미안합니다

서해로, 어느 바다로도 나는 가지 못하고

콩나물국밥을 시켰는데
누군가 날계란을 집어 뚝배기에 탁— 깨트려준다
이렇게 먹으면 맛있어,

설익어 흐물거리는 계란은 꼭 사건 현장 같아서
탁해진 국물을 허겁지겁 퍼먹는다 어떤 증거를
인멸하려

삭삭삭— 숟가락이 뚝배기 바닥을 긁는 소리
으, 소름 돋아

귀를 막고 또 막아도
미안합니다 미안합니다
우리 엄마도 저랬을까, 저랬겠지
나는 별난 애였으니까

창문을 열어젖히고 악다구니를 쓴다
조용히 좀 해요 조용히
울부짖는다

뭣도 모르고 알을 부순 새처럼 밤낮없이 열증을
앓는 아기처럼

살 수가 없어 도무지 살 수가

기차를 타고 아주 멀리 떠나려 할 때마다

집들이

새집 냄새가 난다 엊그제 막 도배를 끝냈다는 거실은 티 없이 희다 아무도 낙서하지 않는다

군데군데 미니 화분과 도자기 인형 같은 게 놓일 것이다 고심 끝에 준비한 '센스 있는 집들이 선물' 같은 게

두리번거린다 서성인다 앉았다 섰다 창을 열었다 닫았다 예쁘다 정말 예뻐, 같은 말을 몇 번씩 반복하면서
참 이상하지

방 하나는 텅 비어 있다 죄다 버리고 왔다는 말에 뭘? 되묻는 사람은 없다

식탁 위에 가지런히 놓인 크고 작은 접시들 와—
감탄하는 이들의 정수리께로 세련된 조명이 빛난다

누군가는 휴대폰 속 음악을 찾아 켜고 누군가는
부지런히 맥주잔을 채운다

맛있다 정말 맛있어, 쉴 새 없이 입을 오물거린다

뒤늦게 초인종을 누른 누군가
요 앞에서 한참 헤맸지 뭐예요, 조금은 망설이듯
알록달록한 케이크 상자를 내밀고

미안해요 정말 미안

다급히 일어선 누군가 폭죽을 터트리자 돌연

귀를 막고 고개를 떨구는 이들은 얼마 전까지 셋
이었으나 지금은 둘이다

문을 닫기 위해

대교를 지나다 보았다
지금 막 강으로 뛰어드는 사람

강으로 뛰어들기 위해
난간을 기어오르는 사람 막 운동화 끈을 조이고
막 발을 구르는
사람

버스를 타고 달리면서 보았다
빠르게 빠르게

출렁이는 물결
살려주세요 살려주세요 막 허우적대는 것처럼

빠르게 더 빠르게

물속에 잠기면서

보았다

어둠을 가르고 세차게 헤엄치는 사이렌

살려주세요

벨을 누르자

낯선 섬을 가리키는 정류장이 있고 집이 있고

막 벨을 누르자

늦었네, 한참을 엎드려 울고 난 얼굴로

문을 여는 사람

문을 닫기 위해

식탁 위 향기로운 저녁을 차려두고

곁에 선 젖은 그림자를 향해 중얼거리는 사람

국을 새로 데워야겠다

국을 새로 데워야겠다

멈추지 않는다

세상 모든 게 때고 먼지다,
지난달 백내장 수술을 한 아버지는 걸레를 든 손
을 좀체 멈추지 않고

씻어 엎어둔 컵을 또 씻는다
빨아 널어둔 수건을 또 빨면서

새 눈을 흡뜨는 아버지

화장실 거울 앞에 한참을 서 있곤 한다
기별 없이 찾아든 낯선 손님을 유심히 관찰하듯이

거기서 뭐 하세요?

대꾸도 없이 아버지는

자리로 돌아가 쓰러지듯 눕는다
충혈된 눈을 껌벅이면서

이불 가장자리 너털대는 실밥을 만지작거린다

아침이면
실밥은 없다 말끔히 뜯어져 휴지통에 들었겠지

양말 뒤꿈치가 많이 닳았구나
버릴 건 그만 버려라,
언제 벌써 걸레를 꼭 쥔 아버지

서둘러 떠날 준비를 하는 나는 두 발을 멈추지
않고

저 가요,

대꾸도 없이 아버지는
식탁 아래 데구루루 구르는 흰 알약을 멀거니 바
라보다
그걸 주워 후후 불다

생일

작은 상자를 본다
버스 옆자리에 앉은 이가 무릎 위에 반듯이 놓은

상자에는 뭐가 들었을까 케이크 같은 게 들었을까
어쩌면 그보다
달콤한 것? 행복한 것?

버스는 재빨리 달려간다
꼭 누가 기다리는 것처럼 식탁에 모여 앉은 식구
들이 어서 어서 재촉하는 것처럼

빨간불,
빨간불,

굵은 촛농이 뚝뚝 떨어지는 것처럼

비가 온다
순식간에 젖어드는 거리를 본다

짓눌린 비닐에서 죽은 비둘기를, 플라타너스 찢긴 이파리에서 죽은 개를 고양이를
엄마를 본다
뭐 해? 어서 불지 않고?
꼭 그렇게 얘기하는 것 같아서

옆자리에 앉은 이를 본다
그는 머리를 끄덕이며 졸고 이따금씩 흐린 창을 두드린다, 창을
축축이 휘감은 포장을 벗긴다

순식간에 젖어드는 상자를 본다

상자에 스민 물기를 살며시 훔치면
무른 모서리를 뚫고 퍼드덕, 퍼드덕거리는
무언가

나는 재빨리 달려간다
후우— 불면 폭죽처럼 터져 나올 얼굴이 있는 것
처럼

밀웜

벌레,
라고 하면 진짜 벌레가 되는 사건

별로 특별한 일은 아니다

왜 태어났니 왜 태어났니
노래를 불러주는 친구들이 있고 다정한 친구들이
생일도 아닌데

길에서 우는 사람을 봤다
갖고 놀았잖아요 나 갖고 놀았잖아
취해 있었고
알 수 없는 말들이 한 사람을 발갛게 게워내고
있었고

못 본 척 지나치려 하자
불쑥 고개를 드는데 충혈된 눈으로 쏘아보는데

너무 징그럽다,
하면 곧바로 악몽이 되는 사건

주둥이를 늘인 밤이 허겁지겁 나를 씹어 삼키고

저기요, 괜찮아요?
지나는 누군가 물었던 것 같은데
아무 대꾸도 할 수가 없다

특별한 일은 아니라서
그냥 사소한 일이라서, 사는 것 또한 일이라서

죽었다고 생각하면 좀 더 쉽다

비 온 뒤

움푹 팬 곳에 생긴 웅덩이,
거기 사는 누군가 나를 부르는 것 같아

그럴 리가?
믿지 못하겠다는 표정이다 사람들은
자연스럽게 벽을 만든다
벽 뒤편 얼기설기 이어진 골목으로 유유히 사라
진다

벽돌 하나가 쫓아온다 어깨를 툭툭 치더니
금세 앞질러 가버린다 보란 듯 멀리 날아가버린다

이상하다, 생각할 틈도 없이

풀이 말을 건다

풀과 말을 한다

요즘은 좀 어때? 물으면 그냥 그렇지 뭐, 적당히
얼버무린다

얼버무린 게 나인지 풀인지

풀은 자란다 별일 아니라는 듯

다음 날이면 벌써 바싹 시들어 있다

흙에서 나와 흙으로 돌아가는 것들, 거기 사는
누군가

문 앞에 서 있다

새까만 먼지를 뒤집어쓴 채

수건을 들고 달려갈 나를 기다리고 있다

기다리지 마
심통 부리듯 나는 괜히 동네 마트나 기웃거리고
늦게
되도록 늦게

문을 연다

눈을 감고 조용히 불 속으로 걸어 들어가는 것들
그러나 아무것도 불타지 않고
사라지지 않고

어느 날부턴가
불이 말을 건다

백지

뒤축이 꺾인 신발
의자에 걸쳐진 외투

누구죠?
대답이 없었다

창문이 열려 있었다 손잡이 주변의 선명한 지문
일부러 닦지 않았다

바깥은 쾌청한데
현관의 우산은 아직 젖어 있었다 우산을 활짝 펴
보이며
참 예쁜 우산이군요

그거 알아요?

집 안에서 우산을 펴면 슬픈 일이 생긴다는,
그런 말을 나는 믿지 않아요

펼쳐진 노트
쓰다 만 시

누구죠?
더는 묻지 않았다

나, 나예요
대답 없는 그의 목소리를 흉내 내며
책상에 앉아 몇 줄의 문장을 끼적였다 비문이었다

고치지 않은 병
뜬눈의 꿈

내가 고개를 돌리면

그는 놀라 다시 재빨리 몸을 숨겼다

문병

마지막이라고 했다 더는 볼 수 없을 거라고
어째서?
묻지 않았다

어째서?
울음을 터뜨리며 황급히 문을 나서는 사람의 등
을 두어 번 쓸었을 뿐

병상에 누운 그가
그런 나를 물끄러미 바라보았다
반쯤 감긴 눈이 빛났다

물을 마시고 싶다고 차가운 물을
더듬거리는 그 말을
어서 쉬고 싶다, 로 나는 들었다

남은 한 모금이 시든 목을 온통 적시는 동안

기도하지 않았다
어떤 이야기도 시작하지 않았다 그냥 멀찍이 서서
그의 몸에 핀 알록달록한 반점들이 내게로 옮아오
는 상상을 했다

봄의 빈소에 여름이 찾아와 절을 하는 상상을 했다
검은 옷을 걸치고 선 계절들 사이

환하게 웃는 영정을 열고
그가 손을 내밀었다

어째서?

지우지 못한 얼룩이 지금에 와 무지개를 만드는지

그가 손을 잡아주었다
굵다란 링거 줄이 가닥가닥 돋아난 손은
참 크고 따스하구나

잘 가

그가 인사해주었다

잘 가

그가 내게 손을 흔들어주었다

울고 싶은 마음

그러나 울지 않는 마음

버스가 오면
버스를 타고
버스에 앉아 울지 않는 마음
창밖을 내다보는 마음
흐려진 간판들을 접어 꾹꾹 눌러 담는 마음

마음은 남은 서랍이 없겠다
없겠다
없는 마음

비가 오면
비가 오고

버스는 언제나
알 수 없는 곳에 나를 놓아두는 것

나는 다만 기다리는 것

사람이 오면
사람이 가고

비 오는 날을
좋아한다고 더는 말하지 말아야지

암병원 흐릿한 건물 안에서 바깥을 내다보는 사
람에게
손을 흔드는 마음

마음을 시로 쓰지는 말아야지
다짐하는 마음

신앙생활

누가 달걀을 깰 수 있을까
이토록 단단한 걸

이토록 생생한 걸
밤이면 더 잘 알 수 있지
둥근 어둠 속
쉼 없이 움직이는 사람 울고 웃고 춤추고
사랑하는 사람

저기 저 첨탑 끝
진아, 보이니?
어린 조카는 창가로 달려가 이리저리 바깥을 살
피고
어디? 어디? 묻다가 금방 싫증을 내고

거실 바닥에 팽개쳐둔 장난감을 만지작거리다가

보이지 않니?
저기 사람, 사람이

흰 날개를 팔랑이며
나를 보고 있잖아
우리는 자꾸 눈이 마주치고, 눈을 감으면
더 잘 알 수 있지

예기치 않은 순간
빛으로 얼룩진 창을 뚫고 거세게 날아든 공
진아?
진아, 괜찮니?

피를 흘릴 때마다
너는 네 낡은 장난감을 더 꽉 껴안게 되겠지
이토록 진짜인 걸
진아? 부르는 소리가 들리는 걸

아무도
아무것도 깨지지 않고 잠시 울고 나면

공은 어디론가 또 날아가잖아
날아갔다 날아오잖아

상처를 닦지 않은 손에

힘껏 쥐면
이토록 따뜻한걸 꼭 살아 있는걸

서울역

나는 짐 가방 하나를 들고 있다
가방에는 짙푸른 바다와 알록달록한 튜브가 그
려져 있고
어디 왁자한 해변으로 피크닉을 떠나는 것처럼

지금은 겨울인데
하나같이 옷깃을 세우고 찬 눈을 끔벅이는데

잠시 화장실 좀 다녀오마, 한 사람은 돌아오지 않
고 있다
절룩이는 다리를 끌고 천천히 화장실 쪽으로 걸
어갔는데

이 가방에는 무엇이 들었나 가지 못한 길이나 운
명 같은

낡은 책이 들었나

그는 말했다
공부 잘 하고 간다 많이 배우고 간다
어제 서울대병원 흰 복도를 걸어 나오며 이만 여
기까지 하자, 한 사람은

닷새 만에 서울을 떠나는 사람은
이제 곧 먼 곳으로 향하는 열차에 오를 것이고
이제 곧 화장실에서 나오면

나는 그를 소리쳐 불러볼 것이다
피크닉을 떠나는 것처럼
약간 들뜬 것처럼

나는 뛰듯이 화장실 쪽으로 걸어간다
곁을 지나치는 이 많은 사람들
모두 어디서 왔을까 어디로 가려는 걸까
물어도 대답하지 않겠지 인포메이션 부스는 아
까부터 비어 있고

나는 한 사람의 짐 가방을 들고 있다
이토록 가벼운,
해변의 모래성들이 소리 없이 부서지고 있다

그는 돌아오지 않고 있다
그는 아주 깊은 물에 손을 담그고 있다

부연 거울 앞에 펼쳐진 바다를 가만히 바라보고
있다

상서로운 징조

어제는 기르던 개가 죽었어요
저도 모르게
개를 죽였어요 윙윙거리며 파리 떼가 몰려와 방
한구석 그 조그만 시체를 덮는 동안

저는 한 사람을 좋아했어요
잠시 그에게 모든 걸 털어놓고 싶었어요
저에겐 개가 있어요 죽어서도 가엾은 개가, 그에
게 속삭이자
아니야 개는 없어 지금 넌 꿈을 꾸고 있어

아 그렇구나 꿈을 꾸고 있구나, 고개를 끄덕이며
조금은 안심하며

저도 모르게

그를 죽였어요 지금 그는 평온한 꿈을 꾸고 있어요

종종 검색해봅니다 사람을 죽이는 꿈, 이라고
블로그에 적힌 해몽을 읽으며 피식 웃어요 좋은
상대를 만나 하는 일이 술술 풀린다
물론 꿈에서 말이죠

청소를 합니다 페브리즈를 뿌리면 모든 게 감쪽
같고
저는 잘 지냅니다 칼로 누군가를 찌르는 것처럼
아침은 와요

서둘러 외출합니다 상냥한 얼굴로 인사도 합니다
안녕,
오늘 밤엔 다름 아닌 너를 죽이겠구나

네, 죽였어요
나는 너를 죽이고 말았어, 그에게 속삭이자
아니야 그럴 수 없어 지금 넌 꿈을 꾸고 있어

아 그렇구나, 윙윙거리며 파리 떼가 몰려와
젖은 뺨을 간질이면
화들짝 놀라 깨는 그런 꿈을 나는 꾸고 있구나

눈사람

밤의 골목을 걷는데
누구라도
한 명쯤 아는 사람을 만나면 좋겠다고 선 채로
잠깐 잡담이라도 주고받으면 좋겠다고 생각하면서

그런 생각이 위험한 거야,
그런 핀잔

그런가?
나는 심드렁한 표정으로 대꾸하고 싶은데
걸음이 무거울수록 집이 너무 멀다고 느낄수록

누구라도
오고 있어? 물어봐주면 좋겠다고

끝이 보일 듯 보이지 않는 겨울인데

야윈 고양이 한 마리가 다가와 발치에서 한참을
우는데

이대로 내가 너를 안으면

너는 금방 잠이 들겠지 아침이 와도 깨지 않겠지

꽁꽁 언 채로

밤의 골목을 걷는데

세상은 온통 하얀 무덤이 되어가는데

무섭지 않다고

춥지 않다고 이야기하고 싶은데

어느 밤

목도리를 좀 빌려줄 수 있는가 물어온 사람이 있

었지

　술에 취한 그는

　누구였을까

　누구였을까

　반쯤 녹아버린 그 얼굴을 생각하면서

그 밖의 정령

어디서 조그맣게 사이렌 소리가 들리는데
병상에 누운 그는
이 새는 어떤 새일꼬? 한다
이 시간이면 꼭 같은 새가 울대 한다

이 새는 사실
새가 아니에요 나는 말하고
속으로 몰래 말하고

새는 지저귄다
부연 창을 밀고 들어온 새는
공중을 휘휘 돈다 아주 오래된 의식을 치르는 것
처럼

눈을 감은 그는

이 새는 어떤 새일꼬? 어떤 새일꼬?

나는 전기포트에 물을 데우고
일어나 봐요 따뜻한 거라도 좀 마셔 봐요
흰 김이 피어오르는 잔을 바라본다
흰 김 사이사이를 헤매는 새를 바라본다

새를 바라보는 그를
나는 바라본다

누군가 노크를 하는데
우리는 천천히 문 쪽으로 고개를 돌리고
흰 사람이 나타나 타이르듯 이야기한다
이제 그만 새를 보내주어야 할 때,

이 새는 사실

새가 아니에요

새는 지저귄다

크게

더 크게

병상에 누운 그는 지저귀지 않는다

발진

가려운 곳을 긁는다
아 시원해, 하면서 자꾸 긁는다

가려운 곳을 긁으며
밥을 먹는다 밥을 먹으면 배가 부르고 배가 부르면 졸려
잠깐 자다 일어나 마무리해야지, 중얼거린다
이불을 머리끝까지 당겨 덮고서 잠을 잔다
먼지가 되어
먼지와 함께
푹신한 대기를 둥둥 떠다니는 꿈

가려운 곳을 긁으며
기지개를 켠다 하품을 하고 휴대폰을 만지작거린다

연고가 어딨더라?

한참을 두리번거린다 뭐 찾는데? 꼭 누가 대꾸해 줄 것처럼

가려운 곳은 긁을수록 더 가렵고

그럴수록 더 멈출 수가 없어

피, 피가 난다!

피, 피가 나네!

병원에 가서 주사를 맞는다

좀 따끔합니다, 따―끔

따―끔, 따라 소리 내본다 처방전을 받아 들고 약
국으로 향하는 내내

따—끔
따—끔
가려운 곳을 긁으며

밥을 먹고 약을 먹어야지 그리고 잠을 자야지
누가 흔들어 깨워도 모르게

또?

응, 피곤해 이제 좀 쉬어야겠어

PIN

036

티모시, 티모시, 티모시

박소란

에세이

티모시, 티모시, 티모시

아무도 몰라요. 티모시, 그 자신만이 알겠죠.

　　　　　　　　　—영화 「그리즐리 맨」[*]

　종로 낙원상가 4층 꼭대기에는 서울아트시네마
와 필름포럼이 나란히 붙어 있었다. 나는 그 작은 극
장들에서 20대의 한때를 보냈다. 지금은 물론 두 곳
다 자리를 옮겼다. 서울아트시네마는 서울극장 1층
구석으로, 필름포럼은 이대 후문 맞은편 한 건물 지
하로. 그러면서 나의 시네마테크는 완전히 사라져버
렸다. (언젠가 버스터 키튼 특별전을 보기 위해 기

* 베르너 헤어초크 감독, 2005.

차를 타고 시네마테크부산으로 향한 기억 또한 소중한 것이다. 상영관 바로 옆으로 반짝이는 바다가 펼쳐진 그 신비한 극장에 앉아 키튼의 애잔한 몸짓을 홀린 듯 응시하던 하루. 기사를 찾아보니, 시네마테크부산 역시 지난 2011년 수영만 요트경기장에서 센텀시티 영화의전당으로 이사를 했다고 한다.)

그 무렵 나는 영화보다 극장을 좋아했다. 영화를 보는 일보다 영화를 기다리는 일을. 영화를 보고 나와 다음 영화를 기다리면서 낡은 빌딩 옥상을 어슬렁거리는 일을. 거의 언제나 텅 비다시피 한 상영관과 그 내부를 감도는 퀴퀴한 냄새, 세상의 속도엔 아랑곳하지 않는 듯한 나른한 분위기를 좋아했던 건지도 모른다. 때문에 나는 틈만 나면 그 극장으로 달려가곤 했다. 그곳에서의 시간이야말로 내가 부릴 수 있는 가장 큰 사치였음을……

이런저런 영화들을 참 많이도 보았구나! (물론 지금에 와 기억에 남는 영화는 손에 꼽을 정도이지만.) 베르너 헤어초크의 영화들을 처음 본 것도 그때 그 극장에서였지. 「아귀레, 신의 분노」도 강렬했지만 나는 「그리즐리 맨」을 더 좋아했다. 좋아했다, 는 말을 이 영화에 붙이기란 왠지 자연스럽지가 않은데, 아마도 한 인간의 비극이 너무도 적나라하게 담긴 때문일 것이다. (어쩌면 희극일까.) 벌써 여러 번 본 작품이지만 결코 쉽지 않다. 숨을 크게 들이쉬고서야 플레이 버튼을 누를 수 있다. 그러나 이따금은 이 영화에 대해 이야기하고 싶었다.

부끄럽지만, 극장을 좋아하던 당시 나는 조그만 잡지사에서 일하며 짤막한 영화 리뷰를 썼는데(그 잡지는 창간한 지 얼마 되지 않아 폐간을 맞았다), 문득 떠올라 오래된 하드를 뒤져보니 그때 썼던 글이 남아 있다.

곰이 되고자 한 인간이 있다. "난 동물을 도울 것이고 야생의 정령이 될 것이다"라고 말했지만 그가 정작 원한 것은 곰, 바로 그 자체다. 적어도 그에게 곰은 완벽한 존재로 보였고 그는 기꺼이 그들의 세계로 들어가고자 했다. 그가 지낸 알래스카에서의 13년. 죽음에 대한 두려움을 강하게 견디며 보낸 그 기간 동안 그는

100시간이 넘는 영상을 직접 촬영했다. 그로써 곰과 함께(?) 살아가는 자신의 이야기를 사람들에게 전했다.

"약하면 죽는다. 싸우고 강해져서 그들의 일원이 될 것이다"라고 목소리를 높이는 한 괴짜의 모습에서 영화가 발견한 것은 무엇인가. 영화는 야생 곰 애호가인 티모시 트레드웰에 대한 이야기를 다큐멘터리 형식으로 풀어낸다. 감독의 내레이션은 끊임없이 티모시의 내면을 탐색해간다. 그가 왜 곰에 집착하게 되었는지, 무엇이 그로 하여금 위험과 두려움을 감수하게 했는지.

2003년 티모시가 늙은 곰 한 마리에게 죽임을 당하기까지 보여준 놀라운 열정, 어쩌면 무모한 욕망. 그러나 영화는 끝내 아무것도 단정하지 않는다. 결과적으로 그의 죽음이 곰과 함께하는 하나의 방법이 될 수 있었음을 조심스레 암시할 뿐. 곰의 먹이가 됨으로써 곰과 진정으로 일체화될 수 있었음을.

(……) 알코올중독에 시달리며 인간 사회에 염증을 느낀 티모시는 사람들의 세상과 문명을 '적'으로 규정하기에 이른다. 사회로부터 익힌 '악마성'을 상쇄시키기 위해 그가 기울인 노력들. 그것들은 자연스레 그를

문명에 반하는 곳으로 이끌었다. 하지만 곰들이 살아가는 세계는 그에게 '야생의 세계'였다기보다 우리가 살아가는 일반의 세계와 다르지 않은 것이었을지도. '곰 인간'이 되기 위한 그의 노력은 스스로를 한 사회로 편입시킴으로써 외로움을 이기고자 한 어떤 방편은 아니었을까.

내가 이 조악한 리뷰에 붙인 제목은 '극한을 향한 인간의 욕망'이다. 아, 지금의 나는 얼른 제목부터 고쳐 쓰고 싶다. 나는 그저 '믿는 사람, 티모시'라고 쓰고 싶다. 믿는 사람, 자신이 믿는 것을 향해 끝까지 나아간 사람.

왜인지 알 수 없지만, 이후 나는 이따금, 아니 실은 꽤 자주 티모시를 떠올리게 되었다. 흙이 묻은 옷가지와 헝클어진 머리카락. 걱정과 실망, 기쁨, 환희 등이 수시로 교차하는 흰 얼굴. 두려움을 어쩌지 못하면서도 조금씩 더 가까이 사나운 곰에 다가가려 걸음을 옮기는 엉성한 뒷모습. 사랑해, 사랑해, 사랑해, 주문처럼 외는 말들. 나지막한 목소리.

그리고 어쩐지 나는 점점 그와 닮은 사람이 되어가고 있다는 생각을 했다. 그런 생각을 떨칠 수 없었다. 그와 마찬가지로 나는 무엇을 믿고 있는지. 어떤 곰을 꿈꾸고 있는지.

시를 쓰면서부터? 실현 불가능한 꿈만이 허락된 이상한 수렁 속으로 걸어 들어오면서부터? (아, 이 비대한 자의식!) 중요한 순간이 닥칠 때면 그의 이름을 나직이 불러보는 것이다. 티모시, 너라면. 너라면 어떻게 했을까. 티모시, 티모시, 티모시……. 고해하는 심정으로 카메라 렌즈를 마주 대했을 티모시. 카메라만이 유일한 친구였을 티모시. 누구보다 스스로를 안심시키려는 듯 그는 "곰이 우리를 더 강하게 만들어줄 것이다"라고 힘주어 말하곤 했다.

얼마 전 함께 술을 마시던 누군가 내게 물었다. 계속 쓸 수 있는 힘이 뭐냐고. 무엇이 너를 그렇게 쓰게 하는 거야? 나는 뭐라고 답해야 할지 몰라 망설이기만 했다. 구겨지기 직전의 백지 같은 얼굴로. 어떤 이야기를 어디서부터 시작해야 할지 몰라. 이후 며칠간 나는 내 마음을 들여다보았다. 그리고 알

게 되었다. 그 끝에는 겨우 이런 답만이 꿈틀대고 있음을. 뭐라도 해야 하지 않았을까. 뭐라도 하기 위해 애써야 하지 않았을까. 그렇지 않다면 이 지루함을, 허전함을 어떻게 견딜 수 있겠니? 이 긴긴 터널을 어떻게 걸어갈 수 있겠니? 몰두할 무언가가 필요했고, 또 여전히 필요하다고. 시가 아닌 무엇이라 해도. 시 아닌 무엇을 이제는 상상할 수 없다 해도. 티모시는 내 속에 나타나 말간 표정으로 속삭인다. "인생이 없었는데, 이제 비로소 생겼어"라고. 다름 아닌 야생의 곰으로 인해.

  "하지만 미친 짓이에요. 이 동물은 지구상에서 가장 위험한 존재라고요!" 정말이지 그럴 생각은 아니었지만…… 나는 자주 혼자가 되었다. 문을 걸어 잠그고, 블라인드를 내리고, 헛것을 보고, 울고, 웃고, 또다시 울고, 이따금은 끝을 떠올리고, 끝의 어느 자락에 묻힌 이를 떠올리고, 사로잡히고……. 아, 그 가장 깊숙한 곳에는 어머니! 내가 지키지 못한, 살리지 못한 어머니. 내 가엾은 사람. 시를 쓸수록 아픈 것들만 차곡차곡 쌓여가는 것이다. 그들은 도무지 곁을 떠나지 않고, 그러다 어느 순간 믿음이 되고, 신앙이 되고. "그는 곰처럼 되고 싶어 했어요. 그것은 종교 같았을지도 몰라요. 그러나 사실 종교 적이지는 않은⋯⋯." 종교라니, 신념이라니. 말도 안 돼, 말도 안 돼, 하면서. "그 신념이 너무 강했지 요. 더 이상 인간이 아닐 만큼."

그러나 이 어처구니없는 '신념'으로 인해 나는 얼마간 안도할 수 있었던 것 같다. 생활을 일구어나갈 수 있었던 것 같다. 다행이라고 자주 생각했다. 시가 있어 그래도 다행이다, 다행이다⋯⋯. 위험한 존재? 그런 게 진짜 있는지 몰라도, 시는 아닐 것이다. 위험은 시가 아니라 시를 쓰는 사람의 일일 것이다. 그럴듯한 시인이 되고 싶다는, 시인으로 머물고 싶다는 대책 없는 마음의 일. 지극한 인간의 일. 이 헛된 욕심이야말로 위험하고 또 위독한 것임을 지금의 나는 간신히 깨닫는다.

나는 왜 시인이 아니면 안 된다고 생각했을까. 그리고 이런 마음은 왜 때때로 아름답지 않게 느껴졌을까. 도리어 시와는 먼 일처럼 여겨졌을까. 절실

144

하다고 믿을수록 더. 어쩌면 나는 고통 뒤에 올 환희를 바랐을까. 시로써, 시라는 세계 안에서 안락해지고자 했을까. 시를 써서 뭘 어떻게 해보겠다는 듯이, 딱히 그런 것이 있을 리 없다는 걸 알면서도, 왜 자꾸 허방을 딛고 마는지. 오래 쓰고 싶다는, 잘 쓰고 싶다는 열망이 시시로 나를 옭아매곤 했다. 그것이 기어코 나를 어디에 묶어두었는지. 내 무엇을 잃게 만들었는지. 그래서 정작 나는 어디에 있는지.

몇 달 전 나는 한 지면에 이렇게 썼다. 시작 메모를 대신한 글이었다.

언제부터였는지, 저는 시를 쓰기 위해 애써왔습니다. 죽을 때까지 시를 쓰고 싶다고, 한결같이 쓰는 사람으로 남고 싶다고 거듭 생각했고 그러기 위해 이런저런 것에 매달려왔습니다. 스스로를 괴롭혀왔습니다.

이런 고백 또한 실은 과장에 지나지 않음을. 엄살일 뿐임을.

그러나 활동을 시작한 지 이제 막 10년을 넘긴 저는 조금 바뀌었어요. (10년이란 얼마나 애매한 시간인지요!) 언제든 그만둘 수 있다, 지금의 시 따위 버리고도 잘 살 수 있다, 생각합니다. 머지않아 시를 떠나 멀리 가버리려는 사람처럼 요즘은 외국어를 배우고 요상한 이름의 자격증을 준비합니다. 이로써 저는 잘 살아갈 수 있습니다, 있을 겁니다. 그러고 나니 어쩐지 마음이 가벼워졌습니다. 초조함 같은 게 어느 정도 사그라들었다 할까요. 그래서 한 번쯤 속내를 털어놓게 되었지요. 가까운 선생님께, "선생님, 저는 이제 달라졌어요. 예전엔 무슨 일이 있어도 쓰자, 끝까지 시인을 버리지 말자 했는데요. 이제는 안 그래요. 언제든 버리자, 안 되면 그냥 털고 떠나자, 그렇게 생각해요." 그러자 선생님은 말씀하셨습니다. 조금의 놀람도 흔들림도 없는 표정으로, 그 둘은 꼭 같은 것이 아니냐고.

　　버리는 일을 생각한다. 시인을 버리고 살아가는 일을. 꾸준한 훈련처럼. 그런 때가 결국 올 것이라고. 언제든 그만둘 수 있다, 떠날 수 있다는 말만은

치기 어린 엄살이 아니기를.

시가 있는 곳은 여기가 아니라고, 티모시는 이야기하는 것 같다. (그럼 어디에?) 나는 티모시를 이해할 수 없지만 이해할 수 있을 것도 같다. 그의 열망이 어떤 방식으로 작동했는지. 어떻게 그가 보이지 않는 경계를 넘었는지. 왜 도시를 떠나, 사람을 떠나 그 자신의 '진실된 집'으로 재차 달려갔는지. 그가 '무모한 파괴자'라면 그 자신을 파괴했을 뿐. 자신을 파괴함으로써 지키고자 한 것이 있었을 뿐.

시를 쓰는 이 순간 나는 생각한다. 시인을 떠나는 일을. 언젠가…… 거기서부터 다시 쓰게 될 무언가를. 새로운 시를. 그리고, 어머니!

누군가 물었다. "무엇이 티모시를 야생의 늪으로 데려갔을까요?" 그러자 또 다른 누군가 답했다. "그건 아무도 몰라요. 티모시, 그 자신만이 알겠죠."

있다

지은이 박소란
펴낸이 김영정

초판 1쇄 펴낸날 2021년 9월 25일
초판 4쇄 펴낸날 2023년 5월 24일

펴낸곳 (주)현대문학
등록번호 제1-452호
주소 06532 서울시 서초구 신반포로 321(잠원동, 미래엔)
전화 02-2017-0280
팩스 02-516-5433
홈페이지 www.hdmh.co.kr

ISBN 979-11-6790-067-8 04810
       979-11-90885-43-0 (세트)

• 책값은 뒤표지에 있습니다.
• 이 책은 서울특별시, 서울문화재단 '2021년 창작집 발간 지원사업'의 지원을 받아 발간되었습니다.